Oetinger

Bücher von Paul Maar und SaBine Büchner bei Oetinger

Der Buchstaben-Zauberer
Das Schul-ABC

Mehr von Paul Maar bei Oetinger (Auswahl)

Das Sams feiert Weihnachten
Das große Buch von Paul Maar
Onkel Florians fliegender Flohmarkt
Schiefe Märchen und schräge Geschichten
Der Galimat und ich
Kakadu und Kukuda
Herr Bello und das blaue Wunder
Lippels Traum
Die Opodeldoks
Der tätowierte Hund

Paul Maar, 1937 in Schweinfurt geboren, ist einer der erfolgreichsten deutschen Kinder- und Jugendbuchautoren, zugleich virtuoser Wortkünstler und fantasievoller Erzähler. Zu seinen beliebtesten Figuren gehört das Sams, das in Büchern und Filmen sein Publikum begeistert und wie sein Erfinder im oberfränkischen Bamberg lebt. Aber auch Kinderhelden wie Lippel, Herr Bello und das kleine Känguru wurden von Paul Maar erschaffen. Der Autor hat viele bedeutende literarische Ehren erhalten, u. a. den Deutschen Jugendliteraturpreis für sein Gesamtwerk, den Friedrich-Rückert-Preis und den E.T.A.-Hoffmann-Preis.

SaBine Büchner, 1964 in Wuppertal geboren, studierte dies und das, zuletzt Animation an der HFF in Babelsberg bei Berlin. 2006 erhielt sie das Troisdorfer Bilderbuch-Stipendium und ist seitdem erfolgreich als freie Illustratorin für verschiedene Verlage tätig.

PAUL MAAR

Snuffi Hartenstein

und sein ziemlich dicker Freund

Bilder von SaBine Büchner

Verlag Friedrich Oetinger · Hamburg

Das ist Snuffi Hartenstein.
Er ist traurig.
Er ist ziemlich sauer.
Und das mit Recht!

Snuffi Hartenstein

Eigentlich ist Snuffi ganz anders.

Er ist fröhlich.

Er ist stark.

Er ist witzig.

Er findet verlorene Sachen.

Er ist eben ein (fast) normaler Hund.

Warum Snuffi traurig ist?
Weil sein bester Freund Niko
ihn einfach weggeschickt hat.
Ins Nirgendwo.

»Doch, *mich* gibt es!«,
sagt plötzlich jemand hinter ihm.

»Wer bist du denn?«, fragt Snuffi
den anderen Hund. Es ist ein Mops.

»Ich bin Mucki«, sagt der Mops. »Und du?«

»Ich bin Snuffi Hartenstein«, sagt Snuffi.

»Seit wann haben Hunde einen Nachnamen?«,
fragt der Mops.

»Besondere Hunde haben immer
einen Nachnamen«, sagt Snuffi.

»Na gut, dann nenn mich Mops Mucki«,
sagt der Hund. »Aber jetzt verrat mir mal,
warum du so ein Gesicht machst!
Hat dir jemand einen Knochen weggenommen?«

Snuffi seufzt. Dann beginnt er seine Geschichte:
»Gleich wirst du verstehen, warum ich
so ein Gesicht mache, Mops Mucki.
Eigentlich gehöre ich Niko Hartenstein.
Man kann auch sagen: Niko gehört mir.
Wir gehören einfach zusammen.
Deshalb heiße ich wie er.«

Seufz!

Mops Mucki

»Nikos Eltern sind ein bisschen komisch«, erzählt Snuffi weiter.

»Die haben mich überhaupt nicht gesehen.«

14

15

»Ich dachte, wenigstens in der Schule
sind die Menschen schlauer.«
Snuffi schüttelt den Kopf.
»Aber keiner hat mich gesehen.
Die Lehrerin nicht und die anderen Schüler
auch nicht!«

17

»Weißt du, Mops Mucki, es war nämlich so:
Nur Niko hat mich gesehen.
Wir zwei haben immer alles zusammen
gemacht.«

»Aber eines Tages kam ein neuer Junge
in die Klasse.« Snuffi seufzt.
»Das war Ole, dieser gemeine Typ.«

»He, sprich nicht so von Ole!«, knurrt Mucki.

Snuffi schnaubt. »Nicht zu fassen:
Niko fand diesen unverschämten Ole
auch noch nett! Die wurden richtige Freunde.
Von da an haben *die beiden*
alles zusammen gemacht.«

»*Mich* hat Ole überhaupt nicht bemerkt!«, schimpft Snuffi. »Und leider hat mein Niko mich auch immer weniger beachtet. Der war ständig mit diesem doofen Ole zusammen.«

»Stell dir vor, Mops Mucki: Am Ende hat Niko mich weggeschickt. Einfach weggeschickt«, jault Snuffi.

»So bin ich hier gelandet«, sagt Snuffi
und seufzt noch einmal.
Dann fragt er den Mops:
»Aber wo kommst *du* eigentlich her?
Was machst du denn hier im Nirgendwo?«

»Sag bloß, du hast mich vorher
nie gesehen?«, fragt Mucki.
»Ich war Oles bester Freund!«

»Zumindest bis mein Ole diesen doofen Niko
getroffen hat. Da war ich plötzlich Luft für ihn.«

»Ist das zu fassen, Snuffi Hartenstein?«
Mucki schüttelt wütend den Kopf.
»Am Ende hat Ole mich auch weggeschickt.
Einfach weggeschickt.«

Du hättest dich mehr um deinen *Ole* kümmern müssen. Dann hätte er nicht ständig mit meinem Niko herumgehangen!

»Und was sollen wir jetzt machen, bitte?«,
fragt Snuffi.
»Schlag du doch was vor!«, ruft Mucki.

Ach, jetzt bin ich
wohl schuld, was?
Wer hat mir denn meinen
Ole weggeschnappt?
Dein blöder Niko!

»Hier gibt es nichts. Wirklich nichts«,
stellt Snuffi fest. »Absolut nichts!«

»Vielleicht gibt es uns ja auch nicht«,
überlegt Mucki. »Keiner konnte uns sehen.
Außer Niko und Ole. Sonst niemand!«

»Vielleicht hat Niko sich nur vorgestellt,
dass es mich gibt«, sagt Snuffi.

»Und Ole hat sich vorgestellt,
dass es *mich* gibt«, sagt Mucki.

Beide schweigen. Schließlich fragt Snuffi:
»Mops Mucki, kannst du mich sehen?«

»Doofe Frage! Ich bin doch nicht blind«,
sagt Mucki.

»Das ist der Beweis!«, ruft Snuffi.
»Wenn du mich sehen kannst,
dann muss es mich auch geben.«

Er ist ganz aufgeregt.
»Mops Mucki, das ist es!
Niko hat sich einen Hund vorgestellt,
und dann gab es mich.«

Mucki begreift sofort, was Snuffi meint.
Er ruft: »Vielleicht können wir das auch!«

»Genau«, sagt Snuffi.
»Wir stellen uns einfach etwas vor.«

»Versuchen wir's doch mal. Fang du an«,
sagt Mucki. »Stell dir was vor!«

»Mann, Snuffi Hartenstein, das klappt ja!«,
schreit Mucki. »Eine sehr gute Vorstellung.«

Jetzt will der Mops es selbst probieren.
»Achtung: Wie findest du das?«, fragt er.

»Das Gras könnte ruhig ein bisschen höher sein,
Mops Mucki«, sagt Snuffi. »Und grüner!«

Wie wäre es mit ein paar Blumen?

Ich stelle mir eher gelbe Blumen vor.
He, du kannst doch meine Vorstellung nicht einfach kaputt machen!

Entschuldigung!
Wir stellen uns einfach
ein paar rote Blumen vor
und ein paar gelbe, ja?
Dann hat jeder,
was er will.

»Ich bin müde«, sagt Mucki.
Sie sind noch eine Weile weitergelaufen
und haben sich ein paar Dinge vorgestellt:
erst einen Baum zum Pinkeln.
Dann einen Bach zum Trinken
und für jeden ein Bockwürstchen.
Es klappt immer besser.

»Ich bin auch müde«, sagt Snuffi. »Komm,
wir stellen uns ein gemütliches Zimmer vor!«

»Wie sieht das denn bei dir aus?«, fragt Mucki.

»Na, so wie zu Hause bei Niko natürlich!«,
antwortet Snuffi. »Und du hast dir wohl
Oles Zimmer vorgestellt?«

»Ja, echt kuschelig, was? Trotzdem kann ich
nicht schlafen. Das liegt bestimmt daran,
dass es hier so hell ist«, sagt Mucki.

»Vielleicht sollten wir uns einfach Dunkelheit vorstellen!«, sagt Snuffi.

Mucki ist begeistert.
»Genau! Die dunkelste Dunkelheit, die es gibt.«

Gute Nacht,
Mops Mucki!

Gute Nacht,
Snuffi Hartenstein!

»Warst *du* das, Mops Mucki?«, fragt Snuffi.

»Ich stelle mir doch nicht vor,
dass wir auf den Hintern plumpsen!«, ruft Mucki.

»Zeit zum Aufstehen, die Herren Hunde«,
sagt da eine Schnurrstimme zu ihnen.
»Oder habt ihr keine Lust,
zurück in die Menschenwelt zu kommen?«

»Was hast du gemacht?«, knurrt Mucki.

»Und wer bist du überhaupt?«, fragt Snuffi.

»Dümmere Fragen fallen euch nicht ein?«,
fragt der Kater spöttisch.
»Erstens: Ich bin Kater Harry.
Zweitens: Ich habe mir vorgestellt,
dass euer Sofa verschwindet.
Und – *schwups!* – war es weg.
Muss ich das euch Hunden noch einmal
ganz langsam erklären?«

»Tu mal nicht so schlau!«, sagt Snuffi wütend.
»Hunde können beißen!«

»War nicht ernst gemeint«, sagt Harry schnell.

»Wurdest du auch von einem Jungen hierher-
geschickt, Kater Harry?«, will Mucki wissen.

»Nein, von einem Mädchen«, sagt Harry.
»Ich würde meine Luise gerne mal wiedersehen.
Ich will zurück in die Menschenwelt.
Und da kommt ihr mir gerade recht!«

»Luise?«, murmelt Snuffi. »Der Name kommt mir irgendwie bekannt vor.«

»Mann, wäre das schön!«, schwärmt Mucki. »Dann könnten wir gucken, was Ole macht.«

»Und Niko!«, sagt Snuffi. »Ob Niko und Ole noch befreundet sind?«

»Bestimmt nicht«, sagt Harry. »Was glaubt ihr, wie schnell zwei Jungen sich zerstreiten? Wahrscheinlich boxt dieser Ole gerade diesem Niko auf die Nase!«

»Sprich nicht so von meinem Ole!«, ruft Mucki.

»Denk doch mal nach, Mops Mucki!«, sagt Snuffi. »Wäre das nicht großartig? Dann wären die beiden keine Freunde mehr. Vielleicht bereuen sie schon, dass sie uns weggeschickt haben.«

»Wir müssen zurück«, ruft Mucki. »Sofort!«

»Sag ich doch schon die ganze Zeit«,
meint Harry.
»Nur wie? Es gibt einen Zwerg,
der das weiß. Aber er verrät es nicht jedem.«
Der Kater macht ein beleidigtes Gesicht.

»Na, uns wird er es wohl verraten«, sagt Snuffi.
»Aber wo finden wir diesen Zwerg?«

»Er wohnt oben auf einem Berg«, sagt Harry.

»Na, dann stell ich mir doch gleich
einen Berg vor!«, sagt Snuffi.

»Na, was sagt ihr zu diesem Prachtberg?«,
fragt Harry stolz.

»Schon besser«, muss Snuffi zugeben.

»Und jetzt«, sagt Mucki.
»Jetzt stellen wir uns vor,
dass wir oben stehen!«

»Seht ihr hier einen Zwerg?«, fragt Snuffi.

»Vielleicht übersehen wir ihn«, sagt Mucki.
»Schließlich ist er ein Zwerg.«

Snuffi hat einen Verdacht.
»Bestimmt wohnt der Zwerg auf einem Berg,
den er sich *selbst* vorgestellt hat!«

»Na, habt ihr es auch endlich verstanden?«,
fragt Harry.

»Es muss der Berg da drüben sein«, sagt Mucki.
»Was für ein Glück, dass wir nicht
laufen müssen...«

Ein Schwanzwedeln später stehen sie
auf dem anderen Berg.
Auf dem Gipfel sitzt tatsächlich ein Zwerg.

»Oh, der Herr Kater mit zwei Hunden
hat sich bei mir eingefunden«, stellt er fest.
»Ihr seid doch nicht aus Zufall hier!
Was also wollt ihr drei von mir?«

Harry lässt den Hunden den Vortritt.
»Wir möchten gerne wieder zurückgehen,
Herr Zwerg«, sagt Snuffi.

»Ihr möchtet den Berg wieder hinuntergehen?
Warum auch nicht? Bitte!«, sagt der Zwerg.

Nein!

»Ich will zurück
zu meinem Niko!«,
ruft Snuffi.
»Und ich zu meinem Ole«,
sagt Mucki.
»Und ich zu meiner Luise«,
ergänzt Harry leise.

Der Zwerg nickt und winkt die beiden Hunde
ganz nah zu sich. Er flüstert:
»Ihr wollt in die Welt der Menschen gehen?
Dazu müsst ihr erst ein Rätsel verstehen.
Die Lösung des Rätsels verrat ich euch beiden.
Katzen und Kater kann ich nicht leiden.«

»Ja, bitte«, sagt Snuffi. »Bitte, bitte!«

»Bitte, bitte, bitte!«, sagt Mucki.

»Genug jetzt mit der Bettelei«, sagt der Zwerg.
»Hört zu und spitzt die Ohren, ihr zwei!«

Mucki ruft: »Wir haben doch schon
nach der Lösung gefragt!«

Der Zwerg sagt mürrisch:
»Mist, jetzt ist meine Pfeife ausgegangen.«

»Ich stelle mir Feuer vor«, sagt Harry schnell.
Er tritt nach vorn und reicht dem Zwerg
ein brennendes Streichholz.

»Ein tadellos vorgestelltes Feuer, Herr Kater!«
Der Zwerg ist zufrieden. Er reimt endlich weiter:

Ihr habt mich gefragt,
das war euer Glück.
Hier ist die Lösung:
Geht einfach zurück!
Nur dümmliche Hunde gehen
immer nach rechts. Immer nach rechts:
Das macht keinen Sinn!
Geht wieder zurück,
geht lieber nach links.
Da, wo ihr herkommt,
da müsst ihr auch hin!

»Danke, Herr Zwerg, für den guten Tipp!«,
sagt Snuffi. »Dann gehen wir also zurück.«

Nur Mucki ist nicht begeistert.
»Wir müssen den ganzen Weg zurücklaufen«,
ruft er bestürzt.

Harry bleibt stehen. »Soll ich mir vorstellen,
dass du ein Windhund bist?«

»Nee, nee, das lass mal lieber sein!«, ruft Snuffi.
»Ich mag Mops Mucki so, wie er ist.«

»Danke, Snuffi Hartenstein«, ächzt Mops Mucki.
»Ich will auch so bleiben, wie ich bin.«

He, ein Mops
ist doch kein
Windhund!

56

…ät geklappt!
…önnt auch kommen!

Snuffi starrt ins weiße Nichts.
»Hier geht es also zurück
in die Menschenwelt?«, fragt er.
»Soll ich es mal ausprobieren?«

»Ja, mach mal, Snuffi Hartenstein!«, sagt Mucki.

»Los, trau dich!«, ruft Harry.

»He, ich bin drüben!«, ruft Snuffi begeistert.
»Mops Mucki, bist du auch da?«

»Siehst du doch«, sagt Mucki.

»Und wo ist Kater Harry?«, fragt Snuffi.

»Wahrscheinlich bei seiner Luise«, meint Mucki.

Snuffi nickt. »Man landet wohl da,
wo man weggeschickt wurde.«

»Aber hier ist ja niemand«, stellt Mucki fest.

»Natürlich nicht«, ruft Snuffi. »Schau doch mal
auf die Uhr!«

»Halb acht. Dann geht ja gleich
der Unterricht los«, sagt Mucki.

»Wir müssen nur warten, bis die beiden kommen.
Ich bin schon ganz aufgeregt!«, sagt Snuffi.

Mucki nickt. »Die werden staunen,
wenn sie uns sehen!«

Du, ich hab meine Mathe-Hausaufgabe nicht gemacht ...

Kannst du in der Pause von mir abschreiben.

He, Niko! Ich bin's! Dein Snuffi Hartenstein!

63

»Sehen die uns denn nicht?«, fragt Snuffi.

»Vielleicht tun sie nur so, weil sie uns
nicht mehr haben wollen«, vermutet Mucki.

»Meinst du? Das wäre so was von gemein«,
schimpft Snuffi.

»Obergemein«, bestätigt Mucki.
»Komm, das lassen wir uns nicht gefallen!«

»Ja, denen zeigen wir's!«, knurrt Snuffi.

»Hat nicht geklappt!« Snuffi ärgert sich.
»Was machen wir jetzt?«

»Wir warten, bis die Schule aus ist«, sagt Mucki.
»Ich hab noch eine Idee ...«

He, nicht
so schnell!
Ich bin doch
kein Rennfahrer!

66

»Das hat wieder nicht geklappt«,
seufzt Snuffi.

»Ja. Niko und Ole können uns wirklich
nicht mehr sehen«, sagt Mucki traurig.

»Aber lass doch den Kopf nicht so hängen,
Snuffi Hartenstein!«, sagt Mucki.
»Du machst ja ein Gesicht wie dieses Mädchen
auf der Bank da drüben.«

Das Mädchen sieht wirklich so traurig aus,
wie Snuffi sich fühlt.
»Was sie wohl hat?«, fragt Snuffi seinen Freund.
»Lass uns mal lauschen, Mops Mucki.
Die können uns sowieso nicht sehen.«

Lena Benker

»Ich hätte aber sooo gerne einen Hund!«,
hören sie das Mädchen sagen.

»Einen Hund in unserer kleinen Wohnung!
Das geht wirklich nicht, Lena«, sagt ihre Mutter.

»Und was ist mit ihm, wenn wir arbeiten
und du in der Schule bist?«, fragt Lenas Vater.

Lenas Mutter nickt. »Der Hund würde sich
furchtbar langweilen.«

»Dann kaufen wir einfach zwei Hunde«,
schlägt Lena vor.

»Zwei Hunde! Das ist ja noch verrückter!«,
sagt Lenas Mutter.

»Wie stellst du dir das vor!«, ruft ihr Vater.

»Ich kann mir das gut vorstellen«, sagt Lena.

Im nächsten Moment schaut Lena zu Snuffi.
»Wer bist du denn?«, fragt sie.
»Du siehst richtig snuffig aus.«

Snuffi wundert sich:
Wieso kann Lena ihn plötzlich sehen?
Hat sie sich etwa so einen Hund wie ihn
vorgestellt?

»Lena, mit wem sprichst du die ganze Zeit?«,
fragt ihre Mutter.

»Nur mit meinem Hund«, antwortet Lena
und wendet sich wieder an Snuffi:
»Du bleibst doch bei mir, ja, Snuffi Benker?«

»Ich weiß nicht recht«,
sagt Snuffi zögernd.

»Du darfst bei mir im Bett schlafen!«,
verspricht sie ihm. »Und mit mir zu Mittag essen
und mit mir spazieren gehen.
Wir werden alles zusammen machen!«

»Aber ich kann doch Mops Mucki nicht
allein lassen«, sagt Snuffi. »Wir sind
ziemlich dicke Freunde. Na ja, besser gesagt:
Mops Mucki ist ein ziemlich dicker Freund.«

»Ein ziemlich dicker Mops?«, fragt Lena.
»Ich wollte doch sowieso zwei Hunde haben.
Warte mal: Sieht er vielleicht so aus?«
Plötzlich schaut Lena direkt zu Mucki.

»Sehr gut vorgestellt!«, lobt Mucki sie.
»Nur war ich vorher viel schlanker!«